# ALMANACH

POUR

# 1900

# JUSTIFICATION DU TIRAGE

## De 1 à 50

50 Exemplaires Japon signés et numérotés par l'auteur. Ces exemplaires contiennent un double état des gravures et une pointe sèche exécutée spécialement pour ces exemplaires.

## De 51 à 1051

1000 Exemplaires vélin numérotés.

EXEMPLAIRE N° 661

HENRI BOUTET

# ALMANACH POUR 1900
## (Nouvelle Série. 2º Année)

# LA PARISIENNE

## ET

# LES FLEURS

*Illustré de douze pointes sèches*

PARIS

## LIBRAIRIE MELET

44, Galerie Vivienne, 44

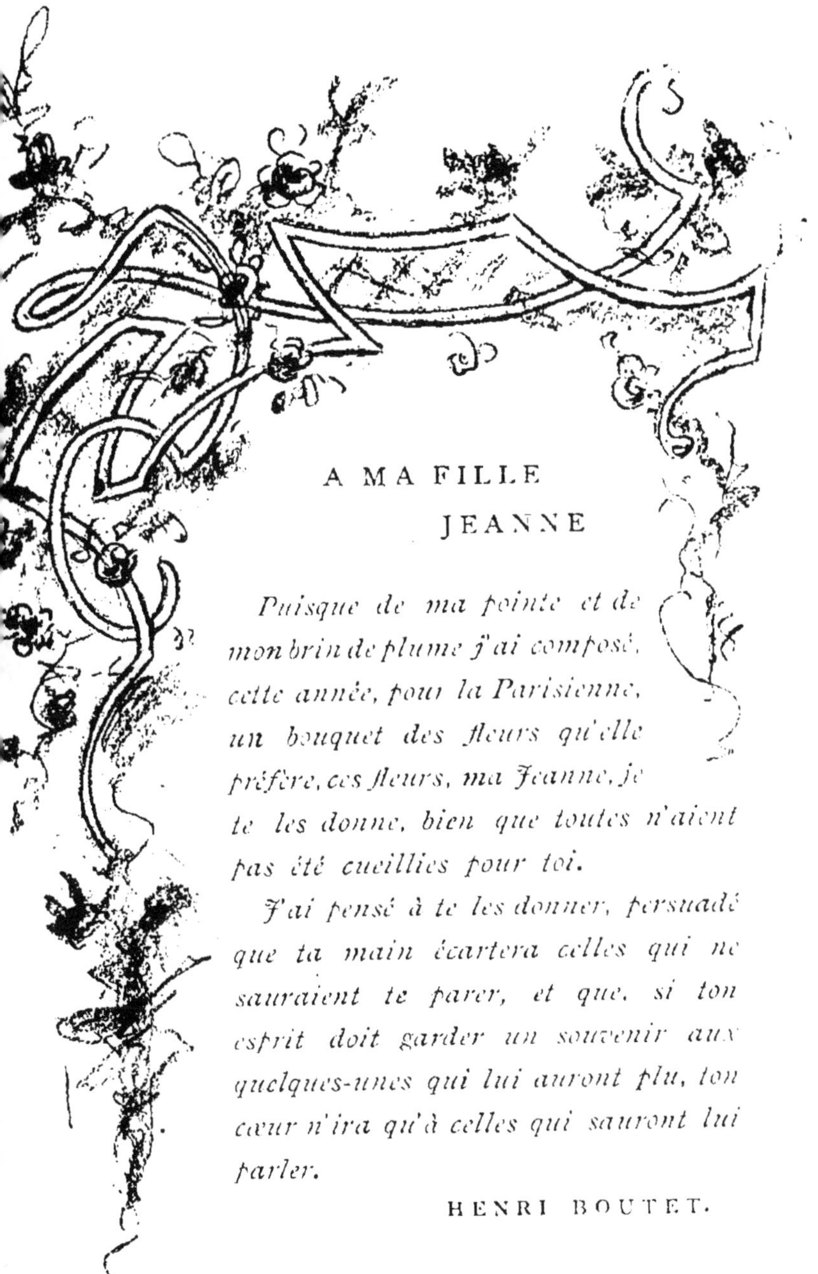

## A MA FILLE
### JEANNE

*Puisque de ma pointe et de mon brin de plume j'ai composé, cette année, pour la Parisienne, un bouquet des fleurs qu'elle préfère, ces fleurs, ma Jeanne, je te les donne, bien que toutes n'aient pas été cueillies pour toi.*

*J'ai pensé à te les donner, persuadé que ta main écartera celles qui ne sauraient te parer, et que, si ton esprit doit garder un souvenir aux quelques-unes qui lui auront plu, ton cœur n'ira qu'à celles qui sauront lui parler.*

HENRI BOUTET.

# LA PARISIENNE

## ET LES FLEURS

| 1 | L | ● Circoncis. |
| 2 | M | S. Basile |
| 3 | M | S.ᵉ Geneviève |
| 4 | J | S. Rigobert |
| 5 | V | S. Siméon |
| 6 | S | *Épiphanie* |
| 7 | D | ☽ S.ᵉ Mélanie |
| 8 | L | S. Lucien |
| 9 | M | S. Marcelin |
| 10 | M | S. Agathon |
| 11 | J | S. Théodose |
| 12 | V | S. Arcadius |
| 13 | S | Bapt. de J.-C. |
| 14 | D | S. Hilaire |
| 15 | L | ☺ S. Maur |
| 16 | M | S. Guillaume |
| 17 | M | S. Antoine |
| 18 | J | Ch. de S. P. |
| 19 | V | S. Sulpice |
| 20 | S | S. Sébastien |
| 21 | D | S.ᵉ Agnès |
| 22 | L | S. Vincent |
| 23 | M | ☾ S. Raymond |
| 24 | M | S. Timothée |
| 25 | J | Conv. S. Paul |
| 26 | V | S. Polycarpe |
| 27 | S | S. J. Chrysost. |
| 28 | D | S. Charlemag. |
| 29 | L | S. Fr. de Sale |
| 30 | M | ● S.ᵉ Bathilde |
| 31 | M | S.ᵉ Marcelle |

# *Janvier*

# LE MARCHÉ

## AUX FLEURS

A Paris, les fleurs n'ont pas de saison.
La science des horticulteurs et l'art des
fleuristes font les marchés et les magasins
où elles se vendent aussi brillants de
couleurs fraîches et parés de verdoyante
ramure, aussi bien en plein hiver qu'au
cœur des plus belles journées d'été.

L'hiver, quand tout est triste et embru-
mé, quand la rue maussade de ses flaques

Le Marché aux fleurs

de boue et de son ciel de suie porte aux
désirs des pays de soleil, les marchés de
fleurs sont des oasis où l'œil s'égaie, où
la vue se réchauffe de la promesse du
printemps prochain.

Avez-vous goûté cette sensation de fraîcheur et de joie un clair matin d'hiver au
quai aux fleurs, quand les voitures de
Bourg-la-Reine et de Châtenay arrivent
bondées de brassées de fleurs, remplies de
pots multicolores que les maraîchers ali-
gnent, en rangs de bataille, sur les trottoirs des quais.

Par un froid qui pique le bout des
doigts, qui givre la chaussée d'une poudre
de diamants, les parapets s'allongent à

l'horizon comme de larges rubans de moire entre lesquels la Seine coule.

* * *

Au petit jour, les lanternes des bateaux-mouches, non encore éteintes, marquent d'émeraude la robe argentée du fleuve qui, paisiblement, coule entre les rives de fleurs. Le tableau est un des plus séduisants du Paris matinal. Au loin, à l'horizon, derrière Bercy, le soleil colore de brumes roses les premiers brouillards du matin qui dorment emprisonnés au centre, enveloppant d'une buée diaphane les maisons de la Cité et de l'île Saint-Louis qui, peu à peu, se découvrent et sortent, comme en un décor d'opéra, de la transparence du voile qui les entoure.

* * *

Le mouvement s'accentue, les voitures arrivent en plus grand nombre, chacune

prend sa place ; les boutiques se parent au
long des parapets, les arbustes dans leurs
gaines de paille se dressent montrant déjà
quelques bourgeons précoces. Les paniers,
côte à côte, sont mis en rangs serrés, les pots
font, au bord du trottoir, un rempart de
leurs frais feuillages, une riante ceinture
de leurs éclatantes couleurs. Les lames rigides des palmiers et des phénix découpent
la verdure de leurs feuilles sur les premiers
bouquets dressés, sur les tablettes, rangés
par les mains expertes, mis en bonne place
pour attirer l'acheteur.

*  *  *

C'est à l'âme du grand Paris que toutes
ces fleurs vont aller : Fleurs de baptêmes,
fleurs de dîners d'épousailles, fleurs des
fêtes de ceux qu'on aime, parures des
chauds boudoirs, joie des tables dressées,
fleurs de tristesse, aussi, transformées, tout

à l'heure, en gerbes et en couronnes, comme si toujours la fleur avait pour mission d'accompagner nos joies et de suivre nos tristesses.

*
*  *

En un jour elles seront toutes fanées ; mais demain revient avec la moisson nouvelle qui fera cortège à d'autres joies et à d'autres peines ! A terre, jetées au hasard de la rue, leurs cœurs ne diront rien de ce qu'elles auront vu de fausses larmes et de joies factices, puisqu'elles ne doivent garder le souvenir que du rôle bienfaisant que la nature leur a confié.

*
*  *

Revenues mourantes, souillées, sur la terre où elles sont nées, elles vont apporter une nouvelle sève à leurs sœurs de demain ! sève renouvelée des bonheurs et des joies

auxquels elles ont été mêlées, sève mouillée
des douces larmes que leurs aînées ont fait
couler, enrichie de tout ce qu'en leur vie
éphémère, les fleurs mortes ont reçu de
tendres aveux, de doux serments et de baisers d'amour.

## *Février*

| | | |
|---|---|---|
| 1 | J | S. Ignace |
| 2 | V | *Purification* |
| 3 | S | S. Blaise |
| 4 | **D** | S. Gilbert |
| 5 | L | Ste Agathe |
| 6 | M | ☽ Ste Dorothée |
| 7 | M | S. Romuald |
| 8 | J | S. Jean M. |
| 9 | V | Ste Apolline |
| 10 | S | Ste Scholastiq. |
| 11 | **D** | **Septuagés.** |
| 12 | L | Ste Eulalie |
| 13 | M | S. Grégoire |
| 14 | M | ☽ S. Valentin |
| 15 | J | S. Faustin |
| 16 | V | Ste Julienne |
| 17 | S | S. Théodule |
| 18 | **D** | **Sexagésime** |
| 19 | L | S. Gabin |
| 20 | M | S. Silvain |
| 21 | M | S. Pépin |
| 22 | J | ☾ Ste Isabelle |
| 23 | V | S. Milburne |
| 24 | S | S. Mathias |
| 25 | **D** | **Quinquagés.** |
| 26 | L | S. Nestor |
| 27 | M | *Mardi-Gras* |
| 28 | M | ● Cendres |

l'année russe retarde de 12 jours.

# LES VIOLETTES

La violette tire sa réputation de sa modestie. Si vous la voyez aux vitrines des fleuristes, dans la demi-teinte des cornets de papier blanc, voisiner avec la rose triomphante en de luxueux bouquets, mise au rang de l'orgueilleux camélia, ne croyez pas qu'elle s'en croie de se trouver en si noble compagnie, cette pauvre violette endimanchée. En face, sur l'éventaire de la marchande du coin, à la main de la fillette aux cheveux embroussaillés qui les

Les violettes

vend, elle se sait mieux la conquérante des corsages roses et le régal des nez fripons.

La violette est la fleur parisienne par excellence. Elle est aux autres fleurs ce que la petite ouvrière est à la bourgeoise, ce que le moineau est au canari et aux oiseaux au riche plumage enfermés dans des cages qui sont tout de même des prisons quoique les barreaux en soient dorés et la becquée copieuse.

Échappée des bois, où elle naît si modestement, elle se trouve encore chez elle dans nos rues, où tant d'autres jolies fleurs comme elle poussent à l'aventure et au hasard des chemins.

Oh ! les chers bouquets des modestes

et des humbles, vous êtes le cortège des
joies sans apprêts et des plaisirs sans fiel...
Il n'est pas, quand dans nos maisons
vous entrez, de vases luxueux ou de po-
tiches rares pour vous recevoir. Mais, dans
le simple verre où Musette a trempé ses
lèvres, on vous gardera pieusement sur
la commode d'acajou ou sur la table de
la machine à coudre.

Et comme on vous aime! Ah! vous
n'êtes pas dédaignée, perdue au milieu des
gerbes, oubliée sur la console du salon,
livrée au bon plaisir des filles de chambre
et des valets : je vous le dis, modeste
fleur qui ne demandez pas qu'on vous
flatte, vous êtes la reine des fleurs...

Vous entrez chez ceux qui souffrent
comme une consolation. Aux visites d'hôpital, près du lit des pauvres fillettes pâles
qui ne doivent guère vivre plus longtemps que vous-même, on vous tolère —

vous tenez si peu de place — et, dans votre parfum, aussi doux que la caresse d'un petit enfant, votre langage ne trouble pas les souffrances qu'on vous donne à consoler, quand, posée par une main amie sur la table près de la tasse de bouillon ou du pot de tisane, vous donnez l'espoir et vous calmez l'appréhension des derniers sommeils.

Oh! je sais bien que vous n'avez pas toujours d'aussi pieuses missions à remplir : aux clairs matins d'hiver, le pillage des paniers et des voitures que vous emplissez ne se fait pas au profit des tristesses ! Piquée entre les boutons des vestes et des corsages, vous avez, ma foi, un voisinage qui fait qu'on peut envier votre sort. Si bien placées, avez-vous dû en entendre des confidences de tous ces jeunes cœurs dont

vous êtes rapprochées? Que de fois vous
devez être la proie de tempêtes qui vous
soulèvent plus que la brise d'autrefois qui,
sous les feuilles où vous étiez cachées,
agitait vos frêles tiges.

Ah ! vous devez souvent ne pas vous en-
nuyer et je ne vous plains pas trop ! D'a-
bord vous êtes la fleur qu'on embrasse le
plus, — on ne va pas embrasser des pi-
voines. — Et dire qu'il est des gens qui
prétendent que la modestie est une qua-
lité négative qui ne mène à rien ! Elle ne
vous dessert pas trop, cependant, votre
modestie, et c'est bien malgré vous qu'on
vous forme en gros bouquets prétentieux
qui vous font perdre vos plus doux pri-
vilèges.

*<br>* *

Restez en bouquets de deux sous, petites
fleurs si jolies !

*
* *

Donnez-vous, toujours, aux douces et amoureuses besognes pour lesquelles vous êtes si bien faites ; restez la fleur préférée de Paris, puisque, quand vous quittez les bois, on dirait que finement liées en bouquets si coquets, vous êtes une nouvelle fleur poussée entre les pavés de nos rues, éclose ainsi, dans sa verte collerette de lierre, pour apporter aux humbles un peu de joie, à la souffrance la lueur d'un espoir, aux amoureux beaucoup d'amour.

# Mars

| 1 | J | S.ᵗᵉ Eudoxie |
|---|---|---|
| 2 | V | S. Simplice |
| 3 | S | S. Marin |
| 4 | **D** | **Quadragés.** |
| 5 | L | S. Adrien |
| 6 | M | S.ᵗᵉ Colette |
| 7 | M | ☽ S.Th. d'Aq. |
| 8 | J | S. Jean de D. |
| 9 | V | S.ᵗᵉ Françoise |
| 10 | S | 40 Martyrs |
| 11 | **D** | **Reminiscere** |
| 12 | L | S. Grégoire |
| 13 | M | S.ᵗᵉ Euphrasie |
| 14 | M | S.ᵗᵉ Mathilde |
| 15 | J | ☺ S. Zacharie |
| 16 | V | S. Cyriaque |
| 17 | S | S. Patrice |
| 18 | **D** | **Oculi** |
| 19 | L | S. Joseph |
| 20 | M | PRINTEMPS |
| 21 | M | S. Benoît |
| 22 | J | *Mi-Carême* |
| 23 | V | ☾ S.Victorien |
| 24 | S | S. Gabriel |
| 25 | **D** | **Lætare** *Ann.* |
| 26 | L | S. Emmanuel |
| 27 | M | S. Jean erm. |
| 28 | M | S. Gontran |
| 29 | J | S. Jonas |
| 30 | V | ● S. Amédée |
| 31 | S | S.ᵗᵉ Balbine |

# LE JARDIN

## DE MIMI PINSON

Babylone avait ses jardins suspendus : Paris a les siens avec beaucoup plus de Sémiramis pour en régler l'ordonnance; ordonnance réglée par une toilette quotidienne, qui réclame les mêmes soins que celle des parcs les plus enchanteurs.

Un pot de géranium, des giroflées sur l'appui de la fenêtre, un semis de pâquerettes dans la caisse verte réclament les mêmes attentions que les fleurs de haute naissance, que les plus belles roses et que

Le jardin de Mimi Pinson

les plus rares azalées endormies dans la
tiédeur des serres.

*  *  *

Il en est beaucoup de ces jardins haut
perchés, bornés par la longueur du cheneau,
limités par le court espace de l'appui de la
fenêtre où ils sont accrochés : ils sont la
parure des maisons de faubourg, et le culte
que leur vouent les jolies mains qui les
soignent attire sur eux les caresses des
premiers rayons de soleil.

C'est un peu de vie qui pénètre dans
la chambrette de Mimi Pinson, que ces
couleurs qui illuminent d'un peu de gaieté
la tristesse et la mélancolie des toits qui
dévalent et des noires cheminées qui découpent leurs rigides silhouettes sur l'horizon perdu au lointain de la ville.

*<br>*  *

Oui, pour ces modestes fenêtres, le soleil garde les premiers de ses rayons! Il est bien peu de Parisiennes qui assistent au lever du soleil! Couchées de minuit à 2 heures du matin, le lit douillet les garde tard. Elles ignorent les enchantements du bouquet qui crève l'horizon d'une tache de feu, qui éclate en mille flèches, qui frappe les hautes maisons et décore d'innombrables facettes les arêtes des toits, s'accrochant aux cheminées, mettant des lueurs d'incendie sur les vitres des fenêtres, sonnant la fanfare du réveil dans les humbles chambres des sommeils profonds et des rêves de vingt ans, où il entre en ami indiscret, cueillant sur les lèvres roses tous les premiers sourires, tous les aveux de ces petites âmes qui naissent à la vie, tous les secrets de ces petits cœurs qui s'éveillent

à l'amour ! Belles dames tant adulées, jolies poupées d'agent de change, vous n'avez
pas un adorateur comme Mimi Pinson : le
soleil ne vous fait pas la cour.

Mais il est en même temps un adorateur
tyrannique ce soleil matinal qui assiste à
tant de levers et qui traite en reines d'autrefois combien de futures reines de demain ! Il demande qu'on se lève ! Vraiment
c'est à n'y pas croire ! et, vite, après un
bâillement ou deux, après s'être étirée et
après avoir frotté ses yeux, Mimi Pinson
bravement saute hors du lit, ouvre la fenêtre, regarde le temps qu'il fait et s'in-
quiète des progrès de son jardin. — Ah !
la giroflée ne tardera pas à éclore, ses
feuilles de rouille commencent déjà à faire
craquer leur corset couleur d'amande, et
voilà que, comme un mince fil d'or, les pétales se montrent dans la corolle qui se
déchire.... Les liserons, les capucines ont

besoin d'une attache nouvelle pour grimper, entourant la fenêtre comme une bordure de missel... et la main mignonne, alerte, va, vient, donne ses soins à toutes, élague une branche, arrose, remue la terre de la pointe de ses ciseaux, enlève les feuilles qui jaunissent, et voilà, paré pour ses yeux, le jardin coquet qui encadrera sa tête blonde.

*

Puis, bientôt, assise au travail elle attendra que le voisin d'en face lui dise bonjour; car il est rare que ces fenêtres fleuries n'intéressent pas quelque voisin. Les fleurs jouent leur éternel rôle d'entremetteuses en amour, que ce soit par le bouquet porteur de mots qu'on n'ose pas dire ou bien que, s'échappant de la petite caisse verte, elles demandent un regard pour leurs fraîches couleurs, appelant des sourires qui ne sont jamais refusés quand c'est une jolie fille qui les demande, cachée derrière les liserons et les roses.

| | | |
|---|---|---|
| 1 | D | La Passion |
| 2 | L | S. Fr. de P. |
| 3 | M | S: Irène |
| 4 | M | S. Ambroise |
| 5 | J | S. Vincent-F. |
| 6 | V | ☽ S. Célestin |
| 7 | S | S. Clotaire |
| 8 | D | **Rameaux** |
| 9 | L | S: Marie ég. |
| 10 | M | S. Macaire |
| 11 | M | S. Léon pape |
| 12 | J | S. Jules |
| 13 | V | S: Irma |
| 14 | S | ⊙ S. Tiburce |
| 15 | D | **PAQUES** |
| 16 | L | S. Fructueux |
| 17 | M | S. Anicet |
| 18 | M | S. Parfait |
| 19 | J | S. Léon |
| 20 | V | S. Théodore |
| 21 | S | S. Anselme |
| 22 | D | ☾ Quasim. |
| 23 | L | S. Georges |
| 24 | M | S. Gaston |
| 25 | M | S. Marc |
| 26 | J | S. Clet |
| 27 | V | S. Frédéric |
| 28 | S | ● S: Aimé |
| 29 | D | S. Robert |
| 30 | L | S. Eutrope |

# Avril

# LA BRANCHE

## D'AUBÉPINE

Il est encore quelques jeunes gens, attardés dans des coutumes anciennes, qui ne cherchent pas leurs sensations dans les pays chimériques que leur font entrevoir la littérature brumeuse et l'art compliqué qui cherche la forme dans la déformation.

— Ceux-là ne comprennent pas, ils ne cherchent même pas à comprendre. — Ils vont aux choses plus simples.

Ces jeunes gens se distinguent des autres parce qu'ils sont à peu près vêtus comme

La Branche d'Aubépine

tout le monde ; leurs chapeaux ne sont
pas à bord plat et leur cravate n'a pas
l'air de protéger leur cou contre les mé-
faits de quelque laryngite. Leur pantalon
ne tirebouchonne pas, leurs lèvres ne sont
pas décolorées, ils n'ont pas à leurs bras
de ces compagnes, qui, si elles font penser à Botticelli, font encore bien plus penser à une figure de Pierrot malade, traî-
nant sa fièvre dans l'humidité et l'ennui
de quelque salle d'hôpital.

•Ces jeunes hommes n'ayant encore rien
fait qui puisse attirer sur eux l'attention,
préfèrent ne pas intéresser le public par
la forme de leur paletot ou par la coupe de
leurs cheveux. Ils restent tout bonnement
ce qu'ils sont : ils rient parce qu'ils ont
l'âge de rire, ce qui les prépare à pouvoir
pleurer et à garder la fraîcheur de leurs

émotions. Ils ne croient pas du tout que
Victor Hugo soit une « vieille bête », et
Lamartine un bel esprit de province rimant,
au retour de la chasse, quelques vers pour
la châtelaine.

Alors, comme il faut bien que ces jeunes
hommes croient à quelque chose, ils croient
au printemps et à ses haies en fleurs. Ils
en aiment les matinées odorantes dans les
bois de Meudon ; et, comme ils craignent
d'être gagnés par la mélancolie dans une
solitude peu faite pour leur âge, ils n'y
vont pas seuls : un Musset dans la poche
et M<sup>lle</sup> Chiffonnette sous le bras suffisent à
préparer, pour eux, quelques haltes pour
rompre la monotonie du voyage.

Un lundi de Pâques, à une descente de
gare, s'égrenait derrière moi un rire frais :
un de ces rires qui vous donnent tout de

suite envie de voir de quelle jolie bouche
ils viennent. Dans la dégringolade de cet
escalier de gare, surmontant le flot varié
de chapeaux des deux sexes, je ne distin-
guais qu'une immense branche d'aubépine
fichée dans cette foule qui descendait ;
j'eus comme le pressentiment que le rire si
frais ne pouvait avoir pour cause que les
difficultés de promener presque un arbre
dans cette marée humaine. Je ne me trom-
pais pas. Arrêté à la dernière marche je vis
le couple porteur de cette gigantesque
branche fleurie qui égratignait les nuques,
piquait les oreilles et soulevait les récla-
mations des victimes de ce bagage prin-
tanier mais encombrant. Ah! je vous ré-
ponds qu'ils s'en fichaient pas mal! Ils
riaient comme des fous et n'avaient guère
le temps de répondre à ceux qui les inter-
pellaient, — oh! bien doucement, — ils
étaient si gentils tous les deux. Elle, en

claire chemisette écossaise, en jupe noire,
un ruban autour du cou ; sa bouche était
si rose et ses dents si blanches que les
fleurs du chemin avaient dû en rester ja-
louses. Lui, était comme tout le monde,
et avait l'air d'un gaillard peu disposé à
terminer sa journée à aller écouter des
chansons macabres.

Je les regardais et je les enviais, tant ils
étaient jeunes, tant ils étaient sains ! Il me
semblait qu'ils avaient rapporté avec eux
toute la fraîcheur des bois, toutes les
odeurs des fraises et tous les chants d'oiseaux.  .   .   .   .   .   .   .   .   .   .   .   .   .

.   .   .   .   .   .   .   .   .   .   .   .   .   .

Et je restai là longtemps aspirant ce bon
parfum de jeunesse qui venait de passer et
dont j'étais pénétré ; tandis qu'au loin, à
l'horizon tacheté des premières lumières

du soir, se perdait l'omnibus sur lequel
ils étaient grimpés ; et je voyais encore,
perdu dans la vapeur rose du couchant, se
balancer le panache blanc de la branche
d'aubépine qui, dans son va-et-vient de
détresse, devait continuer à soulever des
protestations vaines et à éveiller le rire
frais qui s'égrenait en cascade de la jolie
bouche rose aux quenottes si blanches...

# Mai

1 | M | S. Ph. S. Jacq.
2 | M | S. Athanase
3 | J | Inv. S. Croix
4 | V | S. Monique
5 | S | C. S. August.
6 | D | ☽ S. J. P. L.
7 | L | S. Stanislas
8 | M | S. Désiré
9 | M | S. Grégoire
10 | J | S. Antonin
11 | V | S. Mamert
12 | S | S. Achille
13 | D | S. Servais
14 | L | ☺ S. Pacôme
15 | M | S. Isidore
16 | M | S. Honoré
17 | J | S. Pascal
18 | V | S. Juliette
19 | S | S. Yves
20 | D | S. Bernard
21 | L | ☽ Rogations
22 | M | S. Emile
23 | M | S. Didier
24 | J | ASCENSION
25 | V | S. Urbain
26 | S | S. Ph. de N.
27 | D | S. Ildebert
28 | L | S. Germain
29 | M | ● S. Maximin
30 | M | S. Ferdinand
31 | J | S. Pétronile

# LES ROSES

## MOUSSEUSES

Mon ami X..., depuis longtemps, depuis toujours, emplit sa maison de mille choses qui sont des souvenirs à lui. Des objets de toute sorte garnissent les placards et couvrent les murs de cette maison chaude comme un bon nid, pleine aussi de bonté et de tendresse...

Un soir, après dîner, nous avions remué toute notre jeunesse, et les souvenirs partaient au-dessus de nos têtes comme une volée de pinsons.

Les roses d'orgueilleuses

Pour me montrer quelque ancienne lettre que je lui avais écrite, nous passâmes dans son cabinet.

Assis devant son bureau grand comme un piano à queue, bondé comme une malle de voyage, il se mit à chercher et à plonger les bras dans la profondeur des tiroirs, sortant des paquets et des liasses soigneusement étiquetées.

Enfin! il trouva le paquet qu'il cherchait. Quand il fut délié, au milieu des lettres, des cartes de visite, des photographies, un petit carton rose, ovale, avec un numéro dessus, s'échappa.

— Tu collectionnes aussi les correspondances d'omnibus?

— Ah! tu ne sais pas! Je vais te raconter ça. C'est la première fois que je vis ma femme.

Il faut dire que j'avais perdu X... de vue pendant une bonne dizaine d'années.

— Écoute un peu ; ça n'est pas d'hier :
Un soir, mené loin de chez moi par mes
goûts de flâneur, je m'étais attardé. Il faisait un temps de chien ; je me dirigeai
vers un bureau d'omnibus pour rentrer
chez moi. On me donna un numéro.
J'étais bien, là, depuis vingt minutes, quand
je vis entrer une petite femme blonde,
élancée, et jolie comme tout. Je ne sais
pas comment cela se fit, mais je restai à
la regarder, à la contempler plutôt ; puis,
j'allai demander un autre numéro pour
essayer de me trouver dans la même voiture qu'elle. Enfin, on appela le numéro
42, — le sien ; puis, v'lan, le contrôleur cria :
« Complet ! » J'avais le 43, tiens, tu vois : le
voilà. — J'étais pincé, je ne te dis que ça. Je
m'en retournai tout décontenancé. Puis, je
me dis que c'était assurément une ouvrière
ou une employée qui devait se rendre à
ce bureau d'omnibus aux mêmes heures.

Le lendemain, à la même heure, j'étais à mon poste. Cette fois il ne pleuvait pas. Je la vis arriver, mon cœur battait aussi fort que ma vieille horloge. Comme un chat qui ferme les yeux quand il boit du lait, je la regardai à peine, et, dans la voiture, assis non loin d'elle, je n'eus pas l'air de la remarquer...

Et, alors, pendant un mois, j'allai, là, tous les jours, sans oser lui parler. J'avais été obligé de demander mon compte à ma pension et je mangeais n'importe où, la tête remplie d'elle. J'y pensais tout le temps comme à une chose qui est entrée dans votre esprit et qui ne peut plus en sortir. Bref, quelques jours après je pris la ferme résolution de lui adresser la parole... C'était plus fort que moi, je ne pouvais pas... Enfin, un soir, j'achetai un gros bouquet de roses mousseuses, et, la voyant venir, je marchai droit au-devant d'elle. Puis v'lan ! sans rien lui dire, je lui mis le bouquet sur les bras... et je partis sans oser détourner la tête, tremblant comme si j'avais fait un mauvais coup.

Je fus huit jours sans oser reparaître, malheureux comme les pierres, ne pouvant pas fermer l'œil. Ça ne pouvait pas durer plus longtemps ; je serais tombé malade. Enfin, un soir, je me rendis à mon lieu de pèlerinage accoutumé. j'attendis de pied ferme comme un brave à qui on va loger douze balles dans la tête ; quand elle passa devant moi... elle me sourit ! Ah ! mon ami, ce sourire, je ne peux pas te le montrer, n'est-ce pas ? Mais, tu sais, jamais, jamais je ne pourrai l'oublier... Je te passe tous les détails. Je n'étais pas riche, je me ruinai tout l'été en bouquets de roses mousseuses ; et, un an après, nous étions mariés. Et voilà pourquoi j'ai gardé ce morceau de carton. La destinée tient à des riens. Un numéro de plus ou de moins, je prenais une autre voiture et je ne rencontrais pas celle qui est devenue ma femme.

Depuis, il nous arrive souvent d'aller jusqu'à ce bureau qui est toujours le même et d'y reprendre un instant la bonne odeur des jours passés.

— Et vous grimpez sur l'omnibus?

— Ah! non, parce que, j'avais oublié de te dire... vers la fin, nous prenions une voiture...

| 1 | V | S. Pamphile |
| 2 | S | S. Pothin |
| 3 | D | PENTECOTE |
| 4 | L | ☽ S. Emma |
| 5 | M | S. Claude |
| 6 | M | S. Norbert |
| 7 | J | S. Lié |
| 8 | V | S. Médard |
| 9 | S | S. Pélagie |
| 10 | D | Trinité |
| 11 | L | S. Barnabé |
| 12 | M | S. Guy |
| 13 | M | S. Ant. de P. |
| 14 | J | Fête-Dieu |
| 15 | V | S. Modeste |
| 16 | S | S. Cyr |
| 17 | D | S. Avit |
| 18 | L | S. Marine |
| 19 | M | S. G. S. P. |
| 20 | M | S. Sylvère |
| 21 | J | ÉTÉ |
| 22 | V | S. Paulin |
| 23 | S | S. Félix |
| 24 | D | S. Jean-Bapt. |
| 25 | L | S. Prosper |
| 26 | M | ● S. Alban |
| 27 | M | S. Basilide |
| 28 | J | S. Irénée |
| 29 | V | S. Pier. S. P. |
| 30 | S | Conv. de S. P. |

*Juin*

# LES AMOURS D'UNE ROSE
## ET D'UN ŒILLET

Page extraite des mémoires d'une rose :

Arrivée chez ce fleuriste des grands quartiers, dans ce panier où j'étouffais, je pus enfin croire que c'était la fin de mes longues heures de prison. Une grosse dame vint, fit sauter les attaches d'osier, rabattit le couvercle, enleva les fougères qui nous protégeaient et nous sortit, pour nous poser sur une table.

Ensuite, déroulant les liens qui nous serraient, elle nous passa en revue, une par une,

les amours d'une rose

faisant en même temps notre toilette, enlevant les feuilles froissées, nous redressant la tête et nous séparant suivant l'état de notre mine pour nous mettre aussitôt dans de grands vases remplis d'eau. Oh ! ce bon bain matinal dans cette eau fraîche !... Je renaissais à la vie ! mes pétales reprenaient leur vigueur, je sentais mon cœur s'ouvrir, je m'entr'ouvrais d'allégresse : je n'étais donc pas morte. J'oubliai tout : mes fatigues du voyage, les angoisses de ma fin prochaine.

J'étais heureuse de voir passer devant moi tout ce monde de Paris que je ne connaissais pas. Des gens bien mis s'arrêtaient pour m'admirer ; de jeunes et jolies femmes stationnaient, et aussitôt de vieux messieurs venaient se placer près d'elles ; ils devaient sans doute connaître ces jolies femmes, car ils leur causaient.

Pendant que je m'émerveillais à ce spectacle nouveau pour moi, la grosse dame continuait à défaire le panier... puis je me sentis remuer : on venait de déplacer le vase dans lequel j'étais, pour en mettre un autre à mes côtés.

Je laissai un peu le spectacle de la rue pour voir quelles fleurs j'avais comme voisines. C'était une magnifique gerbe d'œillets ! Je m'intéressais à les regarder les uns après les autres tant ils étaient beaux.

Je n'en avais tout d'abord distingué aucun, mais je fus bientôt attirée par l'allure fière de l'un d'eux, au ton cramoisi, et dont la majesté et l'éclat dépassaient tous les autres. Ses pétales étaient grands ouverts et son cœur rouge semblait une tache de sang. J'étais très près de lui et il fixait sur moi ce brasier ardent qui était son cœur; j'en oubliai les passants, les petites femmes et les vieux messieurs. Je ne voyais plus que

cet œillet au cœur rouge et, peu à peu, il
me fascina si complètement que je n'existais
plus que pour lui...

On venait peu le matin dans ce magasin,
quelques domestiques et quelques rares
personnes emportèrent des bouquets ; mais,
l'après-midi, il vint beaucoup de monde.
J'étais folle de cet œillet, et mes angoisses
passées étaient remplacées par la plus
cruelle de toutes : si on allait nous séparer !

Un monsieur entra, regarda en connais-
seur et prit la gerbe d'œillets. Je crus que
j'allais mourir... il venait d'en séparer celui
qui m'avait rendu folle. A une question de
la fleuriste, il répondit : « Non, deux ou
trois fleurs seulement, un peu de fougère et
une branche de mimosas »... Il prit le vase
où j'étais et je sentis sa main s'arrêter sur
ma tige... il m'enlevait du vase ! .   .   .   .

.   .   .   .   .   .   .   .   .   .   .   .

Je ne repris mes sens que dans la voiture où le monsieur était monté. J'étais
serrée contre ce bel œillet, nos tiges se tou-
chaient... il avait toujours l'air fier et hardi,
je me penchais vers lui, échangeant nos
parfums, et, bientôt, nous ne fîmes plus
qu'un, de nos pétales mêlés. . . . . .

. . . . . . . . . . . . . . . .

Encore une fois j'oubliai tout et il me
reste le souvenir que je venais de rêver
que nous étions dans le jardin de l'Éden
caressés par la musique des anges. Je ne
revins à moi que quand nous fûmes dans
la main d'une jeune et jolie femme qui
nous regarda tous les deux amoureuse-
ment.

Et, alors je compris de quelle puissance
nous étions douées! Ce n'était pas le hasard qui nous avait réunies. Le sentiment
qui nous animait était le même que celui
du beau monsieur qui nous avait choisies et

pour la jeune femme à qui on nous desti-
nait : lui, en nous offrant, elle, en nous
recevant devaient penser à nos amours
éphémères. — Oh ! cette course en fiacre !
— et, par notre entremise, ils se promet-
taient ce que, déjà, nous nous étions donné.

| 1 | **D** | S. Thibaut ☽ |
| 2 | **L** | Vis. de N.-D. |
| 3 | **M** | S. Anatole |
| 4 | **M** | ☽ S⸍ Berthe |
| 5 | **J** | S⸍ Zoé |
| 6 | **V** | S⸍ Lucie |
| 7 | **S** | S⸍ Aubierge |
| 8 | **D** | S⸍ Virginie |
| 9 | **L** | S. Cyrille |
| 10 | **M** | S⸍ Félicité |
| 11 | **M** | S. Norbert |
| 12 | **J** | ☺ S. Gualbert |
| 13 | **V** | S. Eugène |
| 14 | **S** | FÊTE NATION⸍ᵉ |
| 15 | **D** | S. Henri |
| 16 | **L** | N.-D. du M-C. |
| 17 | **M** | S. Alexis |
| 18 | **M** | ☽ S. Camille |
| 19 | **J** | S. Vinc. de P. |
| 20 | **V** | S⸍ Marguerite |
| 21 | **S** | S. Victor |
| 22 | **D** | S⸍ Madeleine |
| 23 | **L** | S. Apollinaire |
| 24 | **M** | S⸍ Christine |
| 25 | **M** | S. Jacques m. |
| 26 | **J** | ● S⸍ Anne |
| 27 | **V** | S. Pantaléon |
| 28 | **S** | S. Samson |
| 29 | **D** | S⸍ Marthe |
| 30 | **L** | S. Abdon |
| 31 | **M** | S. Germain |

# Juillet

# PAUVRES FLEURS!

Je m'arrêtai attiré par la gaieté de cette
petite maison.

Des glycines et des roses grimpantes
dressaient au-dessus de la grille un por-
tique de fraîches couleurs.

Des touffes de coquelicots formaient à
l'entrée une merveilleuse palette où se
jouaient tous les tons ; un tamaris laissait
pendre sa ramure de toile d'araignée dans
une pâle buée de vapeur verdâtre où les
grappes d'améthyste semblaient une tom-

Pauvres fleurs!

bée de fusées éteintes et décolorées. Au
fond, des quenouilles de roses trémières se-
maient de leurs altières cocardes l'entrée
de la maison, comme si elles se prépa-
raient à présenter les armes à une petite
reine. La maison au toit cintré était recou-
verte d'ardoises comme quelque pavillon
de chasse ; les fenêtres se couronnaient
d'impostes à découpures de rocaille, et
les volets, d'un vert rococo, laissaient
passer, au travers de leurs lames, des
brindilles où pendaient de petites fleurs
de corail.

J'évoquais, malgré moi, quelque histoire
d'amour d'autrefois, des bruits d'éperons
sur le sable, le froufrou d'une robe de satin dans une allée, et les accords, au clair
de lune, de quelque menuet de Rousseau
s'échappant d'une vieille épinette ; des tableaux de Beaudouin avec des enlève-
ments, des relais de poste, des bruits de

grelots et de claquements de fouet passaient devant mes yeux et emplissaient mes oreilles..

J'allais m'éloigner de ce petit coin exquis, quand, perdu dans les feuilles, je vis un écriteau : « Maison et jardin à louer. » Je découvris, en écartant les branches, la tige de la sonnette : — Un petit son aigu de clarine tinta, une bonne vint ouvrir :

— Pouvez-vous me faire voir la maison ?

— Oui ; entrez, Monsieur.

Les quelques marches d'un perron en briques conduisaient à un vestibule où, comme une apparition, une ombre passa sans rien dire. J'eus à peine le temps de voir une femme jeune, grande et élancée, drapée dans un peignoir blanc. Je ne remarquai que d'abondants cheveux noirs, un cou long et souple, et de grands yeux bleus rougis par les larmes. Il n'y avait

donc pas que de la joie dans cette maison
d'apparence si gaie !

Je visitai distraitement les pièces, im-
patient d'arriver à celle où j'espérais revoir
encore cette si jolie nuque et ces yeux si
malheureux.

Arrivé devant une porte, la bonne me
dit : — Ici le petit salon pareil au cabinet
de travail que vous venez de voir ; madame, souffrante, dit qu'on ne la dérange
pas.

— C'est bien, répondis-je, et, tristement,
je descendis au jardin. Près d'un bosquet
sur un banc de pierre, étaient étalées des
fleurs ; fleurs laissées là, au hasard ; à côté,
un bouquet commencé, dégagé des herbes.
Toutes ces fleurs étaient fanées, cueillies
à coup sûr la veille ; sur le banc, une enveloppe de lettre bâillait, montrant la dé-
chirure du cachet rouge comme une blessure. Je compris tout ; la lettre, reçue au

moment où cette jeune femme, joyeuse
peut-être, tenait dans ses mains mignonnes
toutes ces fleurs, avait apporté la mauvaise
nouvelle ; le serment trahi, la rupture, le
poison s'infiltrant dans cette petite âme de
femme, tuant ses rêves, anéantissant son
bonheur, meurtrissant son pauvre cœur
touché peut-être pour la première fois par
l'aile noire des chagrins..... Pauvres fleurs !
me disais-je !

Je me décidai enfin à sortir : Devant le
banc de pierre où les pauvres fleurs mou-
raient... je vis froissé, réduit en boule, un
papier, que d'abord, je n'avais pas aperçu :
la lettre ! Et un désir fou s'empara de
moi : prendre et lire cette lettre ! Je me
rendis très bien compte de l'acte abomi-
nable que j'allais commettre, mais ce fut
plus fort que moi ; je pris le papier et je
partis comme quelqu'un qui vient de commettre un crime...

Dehors, je défis fiévreusement cette lettre
que je lus d'un trait. La voici :

MODES.

—

*CAROLINE.*

—

212, rue des Pyramides.

Paris, 22 Juillet.

« Madame,

« Deux de mes ouvrières n'étant pas re-
parues depuis le jour de la revue, il me
sera impossible, à mon grand regret, de
vous donner votre chapeau pour dimanche.

« Veuillez agréer, etc., etc. »

*Août*

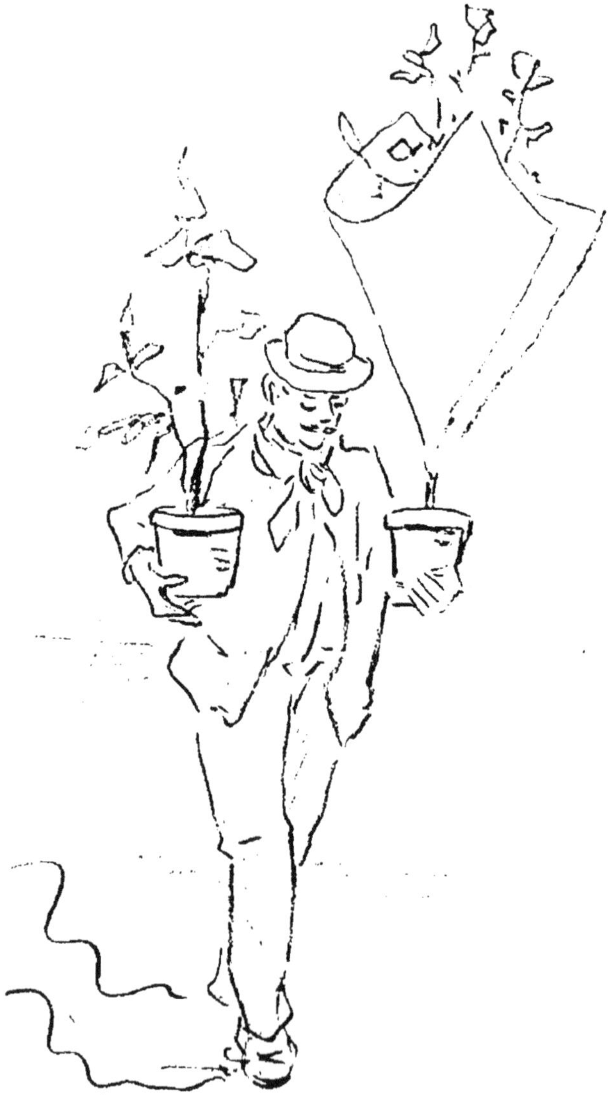

| | | |
|---|---|---|
| 1 | M | S. Pier. a. L. |
| 2 | J | S. Alphonse |
| 3 | V | ☽ S. Étien. |
| 4 | S | S. Dominiqu |
| 5 | **D** | S. Abel |
| 6 | L | *Transfigur.* |
| 7 | M | S. Gaétan |
| 8 | M | S. Justin |
| 9 | J | S. Amour |
| 10 | V | ☽ S. Lauren |
| 11 | S | Ste Suzanne |
| 12 | **D** | Ste Claire |
| 13 | L | S. Hippolyte |
| 14 | M | S. Eusèbe |
| 15 | M | **ASSOMPT.** |
| 16 | J | ☾ S. Roch |
| 17 | V | S. Mammès |
| 18 | S | Ste Hélène |
| 19 | **D** | S. Louis é. |
| 20 | L | S. Bernard |
| 21 | M | Ste Jeanne |
| 22 | M | S. Symphor. |
| 23 | J | Ste Sidonie |
| 24 | V | ● S. Barthél |
| 25 | S | S. Louis roi |
| 26 | **D** | S. Zéphirin |
| 27 | L | S. Césaire |
| 28 | M | S. Augustin |
| 29 | M | Déc. S. J.-B. |
| 30 | J | S. Fiacre |
| 31 | V | S. Raymond |

# LA SAINTE-MARIE

Les rues sont pleines de fleurs, les trottoirs encombrés, les devantures des magasins débordantes de verdure, de rosiers en pots, de bouquets préparés, de gerbes éclatantes qui s'offrent de toutes leurs taches de couleurs, qui appellent, de tous leurs parfums qui emplissent la rue.

Les petites voitures roulent bondées ; les bottes de fleurs s'entassent les unes sur les autres formant des pyramides sur lesquelles se piquent les étiquettes 10, 20 et

La Sainte Marie

50 centimes ; providence des petites bourses et des ménagères économes, elles circulent traînées par l'homme, poussées par la femme, dans l'encombrement de la rue, trouvant leur chemin entre les voitures, évitant les tramways, cherchant un refuge et un arrêt au coin des rues.

De pauvres diables, en loques, reviennent des bois, la hotte pleine de fleurs des champs et de bruyères, criant leur marchandise d'une voix monotone.

Des enfants, des vieilles, des fillettes ou de grands garçons maigres, le panier au bras, offrent de pauvres et tristes fleurs, déchets groupés pour le mieux, de fleurs ramassées n'importe où, cueillies au loin, dans quelque jardin à 15 francs l'an, de la zone des fortifications.

C'est la Sainte-Marie !

Aux heures du déjeuner, les quartiers de
modistes et de couturières montrent les
chignons carotte et les nuques blondes,
par petits groupes, portant à la patronne
ou à la première le bouquet qu'on arrosera
d'un malaga douteux, qu'épongera le paquet de biscuit ou la brioche de la rue de
la Lune.

Les boutiques de blanchisseuses s'emplissent de fuchsias qui sèment sur les jupons accrochés leurs pendeloque de corail,
les hortensias mêlant leur rose jaunâtre aux
clartés des chemisettes pendues à la devanture. — Le soir, après dîner, les volets entr'ouverts laisseront voir ,autour de la table
de travail, l'atelier assemblé sous l'œil paterne du patron chauve ; des chansons

sentimentales et des refrains patriotiques
sortiront tout seuls du goulot des litres de
vin frelaté, se mêlant au fumet de rôti de
veau resté dans la moiteur du linge.

*
**

Dans la salle à manger, sous l'abat-jour
d'opale où brûle la lampe de cuivre, la
table est dressée, parée de fleurs. Les verres,
rangés devant l'assiette où en chapeau
d'évêque la serviette étale sa blancheur,
disent qu'on trinquera au dessert, et que,
montée de la cave dans sa robe de toiles
d'araignée et de mousse, la bouteille de
vieux vin — cadeau du grand-père — sera
bue dévotement quand les verres se lève-
ront à la Sainte-Marie. Les hors-d'œuvre
seront choisis et le rôti cuit à point; la
langouste sur son lit de persil aura l'air
d'une grosse fleur rouge, la timbale sera
trouvée délicieuse et la glace à la pistache

aura conquis tous les suffrages ! Le sauterne sera frais, le bordeaux tiède comme il convient, mais c'est avec le bourgogne du grand-père qu'on trinquera ! Et, quand le bouchon de champagne sautera au plafond, tout le monde conviendra qu'il est tout de même dans la vie quelques moments heureux...

C'est la Sainte-Marie !

*  *  *

Partout fêtée, mais fête surtout des humbles réduits, des ateliers et des intérieurs bourgeois ; fête débordante qui emplit la rue plus que les maisons, fête qu'embaume la pieuse légende de l'atelier du charpentier et la douce figure de Marie divinisée pour toujours entre le berceau de Jésus et l'établi de Joseph, fête plus belle que les autres par tout ce qu'elle contient d'humanité, fête qui s'ennoblit de tout ce

qu'elle garde de tendresse et d'amour, qui
s'exalte dans la grandeur de sa légende qui
vient refleurir dans tous ces bouquets et
revivre dans toutes ces fleurs qui portent
à l'âme du grand Paris les quelques heures
d'oubli, qui donnent le bon repos d'un
instant sur la route si longue, et parent
de leurs plus douces couleurs le but incer-
tain du voyage.

## Septembre

| 1 | S | ☽ S. Gilles |
|---|---|---|
| 2 | D | S. Lazare |
| 3 | L | S. Grégoire |
| 4 | M | Se Rosalie |
| 5 | M | S. Bertin |
| 6 | J | S. Onésiphore |
| 7 | V | S. Cloud |
| 8 | S | ☉ *La Nativ.* |
| 9 | D | S. Omer |
| 10 | L | Se Pulchérie |
| 11 | M | S. Hyacinthe |
| 12 | M | S. Raphaël |
| 13 | J | S. Maurille |
| 14 | V | Ex. de Se Cr. |
| 15 | S | ☾ S. Nicoméd |
| 16 | D | S. Cyprien |
| 17 | L | S. Lambert |
| 18 | M | Se Sophie |
| 19 | M | S. Janvier |
| 20 | J | S. Eustache |
| 21 | V | S. Mathieu |
| 22 | S | S. Maurice |
| 23 | D | ● AUTOMNE |
| 24 | L | S. Andoche |
| 25 | M | S. Firmin |
| 26 | M | Se Justine |
| 27 | J | S. Cosme |
| 28 | V | S. Venceslas |
| 29 | S | S. Michel |
| 30 | D | S. Jérôme |

# FLEURS DE MARIAGE

Madame X... est une de nos plus jolies divorcées. C'est même une très jolie divorcée : Une taille souple et de l'esprit, une bouche ornée d'un léger duvet, des yeux profonds, bistrés, humides, de ces yeux qui sont un des rares endroits où le Créateur s'est plu à montrer, sur terre, un coin du paradis.

Donc, ses yeux profonds et cette taille souple avaient rompu les liens qui les... désunissaient avec le baron de Z..., et la

Fleurs de mariage

belle madame de X... avait repris son nom,
sa bouche duvetée et ses soirées du mer-
credi pour la plus grande joie des amis
passés, présents et à venir qui posaient
leur candidature à l'emploi resté vacant
de mari. Ces mercredis étaient fort cou-
rus, on y dînait bien ; le potage n'avait
point d'yeux doux à faire à quelque poète
chevelu... elle avait horreur des raseurs ;
on ne faisait pas de charade au salon, le
piano n'était ouvert que rarement, on ne
jouait pas, on ne faisait pas de politique
ni d'élections à l'académie de Goncourt.

On y faisait mieux que tout cela, on n'y
faisait rien : on causait.

Un soir, on resta plus tard. Un des ha-
bitués du « cortège de la reine », comme
on disait, se leva et dit : « Je suis le porte-
parole de tout le monde et je suis chargé,
Madame, de vous apprendre que nous
sommes en état de rébellion. Il est temps

que vous cessiez de vous moquer de nous;
nous sommes tous des maris possibles :
choisissez, nous nous inclinerons. C'est
dans quelques jours votre fête, nous nous
invitons à dîner, chacun de nous vous en-
verra une corbeille de fleurs : celui qui
verra la sienne sur la table sera l'heureux
élu et nous fêterons vos fiançailles. Est-ce
entendu? — Tout le monde cria : « Bra-
vo ! » on se mit à rire comme de plus belle
et, à la stupéfaction de tout le monde, devant cette plaisanterie, elle répondit l'air
plus sérieux que de coutume : « C'est entendu ! »

Le jour convenu, la maison prit ses airs
de fête des grands jours. L'après-midi, les
bouquets et les fleurs arrivèrent portés par
les grooms ou par les chasseurs de grands
fleuristes. La fille de chambre entrait et

portait l'envoi de fleurs, avec la carte
qui l'accompagnait, dans le boudoir où
madame s'était réfugiée.

L'heure du dîner approchait, les convives étaient au complet. Il fut décidé que
les fleurs seraient apportées au salon, que
ces messieurs passeraient au fumoir où
viendrait les chercher le sacramentel :
« Madame est servie », et que, seulement,
sur la table dressée, chacun saurait,
excepté un seul, qu'il lui fallait renoncer à
son rôle de prétendant... En attendant, on
admirait l'heureux choix des corbeilles et
la grâce des gerbes enrubannées, chacun
cherchait à attribuer tel ou tel envoi à
tel ou tel des soupirants. Une remarque
fut faite et vivement commentée : il man-
quait un bouquet.

Quand elle arriva drapée dans une
simple robe de crêpon amande sans orne-
ments, sans bijoux, sans autre parure

qu'une rose dans les cheveux, ce fut un murmure d'admiration, tant elle était éclatante de beauté. Chacun pensa : « Elle est si originale ! si cependant elle avait pris la chose au sérieux ? »

On entra dans la salle à manger, curieux de savoir comment la plaisanterie allait se terminer. Aucun bouquet n'était sur la table et l'on se dit : « L'aurait-elle déjà porté dans sa chambre à coucher ?

Le repas fut très gai. Au dessert un des convives se leva : « C'est votre fête, Madame, dit-il, nous allons boire à votre santé et, après, nous pourrons vous dire que vous vous moquez encore de nous, et que vous avez manqué à vos engagements : aucun bouquet n'est sur la table ! »

Je vais vous prouver, dit-elle. que j'ai tenu ma promesse : Les fleurs que vous m'avez envoyées sont superbes ; chacun de vous a eu le désir de me plaire. L'un de

vous m'a envoyé une simple rose... je l'ai
dans les cheveux... Monsieur de R...., voulez-
vous m'offrir votre bras, ce qui vous au-
torise à demander ma main !

Elle avait pris la chose au sérieux !

En sortant, un des convives exprima
cette opinion profonde comme un puits :
« Il vaut mieux pour nous qu'elle soit ma-
riée, nous avons plus de chances d'aboutir
à quelque chose ! »

| 1  | L | ☽ S. Remi |
| 2  | M | SS. Ang. gar. |
| 3  | M | S. Fauste |
| 4  | J | S. Fr. d'Ass. |
| 5  | V | S. Placide |
| 6  | S | S. Bruno |
| 7  | D | S. Serge |
| 8  | L | ☽ S¹ Brigitte |
| 9  | M | S. Denys év. |
| 10 | M | S. Fr. Borgia |
| 11 | J | S. Probe |
| 12 | V | S. Séraphin |
| 13 | S | S. Édouard |
| 14 | D | ☽ S. Calixte |
| 15 | L | S¹ Thérèse |
| 16 | M | S. Gal |
| 17 | M | S¹ Edvige |
| 18 | J | S. Luc |
| 19 | V | S. Savinien |
| 20 | S | S. Aurélien |
| 21 | D | S¹ Ursule |
| 22 | L | ● S. Modéran |
| 23 | M | S. Hilarion |
| 24 | M | S. Magloire |
| 25 | J | S. Crépin |
| 26 | V | S. Évariste |
| 27 | S | S. Frumence |
| 28 | D | S. Sim. S. Jud. |
| 29 | L | S. Narcisse |
| 30 | M | ☽ S. Arsène |
| 31 | M | S. Quentin |

# Octobre

# CONFIDENCES

## D'UN BOUQUET

L'autre jour, sur l'appui d'une fenêtre, dans une rue mystérieuse et tranquille, une de ces rues qui gardent le parfum suranné du Paris d'autre fois, j'ai trouvé un bouquet.

C'était le matin, un clair matin de septembre, la rue presque déserte à cette heure recevait, par-dessus les murs bas de ses quelques maisons, des grappes de feuilles que l'automne jaunissait. Rien ne décelait que ce bouquet dût être pris par quelque main mignonne ou qu'il fût atten-

*Les confidences d'un bouquet*

du comme un message d'amour. Non, il
gisait là, malheureux et mouillé, près des
contrevents verts, bien clos, disant l'isole-
ment de cette fenêtre qui ne devait guère
s'ouvrir. Il me fit de la peine, ce pauvre
bouquet ; il avait l'air de souffrir ; je le pris
et l'emportai chez moi.

Sitôt arrivé je le débarrassai de son
enveloppe de papier qui pendait comme
une loque ; il avait déjà meilleur air.
C'était un bouquet de roses. Je le mis sur
ma table dans un petit pichet breton à qui
est confiée, chez moi, la garde des fleurs
préférées. Dans l'eau claire, il reprit presque bonne mine, quelques fleurs même
dressèrent la tête hardiment, heureuses de
vivre encore, de n'être plus délaissées, de
se sentir aimées par quelqu'un, et ce bouquet semblait heureux comme un pauvre
oiseau blessé qui sentirait la chaleur d'une
main amie.

Cependant, gardant toujours son air triste, il me raconta son histoire. La voici.

« Choisi chez Lionceau, par un monsieur grand, l'air fier et hardi, l'œil clair, la moustache au vent, je fus envoyé dans la maison qui est en face de celle où vous m'avez trouvé. La bonne me prit des mains du garçon, et je fus déposé sur la table d'un boudoir coquet. Une femme jeune et jolie entra, me prit, m'embrassa et me plaça dans un vase, sur un meuble, près d'une chaise longue où elle s'étendit, tournant vers moi ses jolis yeux... se levant pour m'embrasser encore..... Puis, drelin, drelin ! on sonne et, brusquement, un monsieur entre. Ah ! celui-là, par exemple n'avait pas l'air fier et hardi. C'était une espèce de courtaud l'air prétentieux et guindé, l'œil bête, les joues bouffies.

— Tiens, dit ma petite amie, tu ne devais pas venir aujourd'hui !

— Non... Tu ne m'attendais pas... Qu'est-ce que c'est que ce bouquet ?

— C'est tout simplement un bouquet de roses que j'ai acheté au marché.

— Comme ça, entourées de papier blanc ?

— L'aurais-tu préféré jaune ?

— Tu sais ce que je veux dire. Ce n'est pas un bouquet que tu as acheté, c'est un bouquet que tu as reçu !

Et, me prenant dans sa lourde main il montra, sur le papier, la marque : » Lionceau, avenue de la Madeleine. »

— Voilà la preuve, dit-il, et, tandis que la tête dans les mains, ma petite amie pleurait, il ouvrit la fenêtre et me jeta dehors...

.  .  .  .  .  .  .  .  .  .  .  .  .  .  .

... Au matin, de bonne heure, un ouvrier me ramassa et me posa sur la fenêtre ou vous m'avez trouvé...

Je vous dirai que les fleurs ont une âme qui reçoit et qui garde les impressions de celui qui les possède; elles sentent qui les aime, elles savent les désirs qu'on leur a confiés, elles ne font plus qu'un avec les pensées qu'elles doivent transmettre, elles s'identifient aux promesses et aux joies dont elles sont les confidentes; et voilà pourquoi je suis triste en pensant à cette pauvre petite femme qui m'a tant embrassé, à ce beau jeune homme qui m'avait acheté pour elle et qui m'avait dit de lui dire combien il l'aimait. »

. . . . . . . . . . . . . .

Console-toi, dis-je à mon bouquet de roses, je vais te dire la fin de l'histoire comme si je la connaissais. D'abord, ta petite amie aura fait croire tout ce qu'elle aura voulu à cet idiot qui t'a jeté par la fenêtre. Elle lui aura persuadé qu'il est aimé pour lui-même; puis, il aura payé quelque bijou en échange de serments auxquels il aura cru. Et, peut-être, à cette

heure, sous quelque tonnelle fleurie, ton
amie raconte-t-elle ton aventure au jeune
homme à moustaches blondes; et, riant
comme une folle, et, lui, comme un fou, ils
préludent par d'éloquents baisers à l'épi-
logue d'aventures d'amour que souvent
les audacieux ne terminent que parce
qu'ils y sont aidés par les sots.

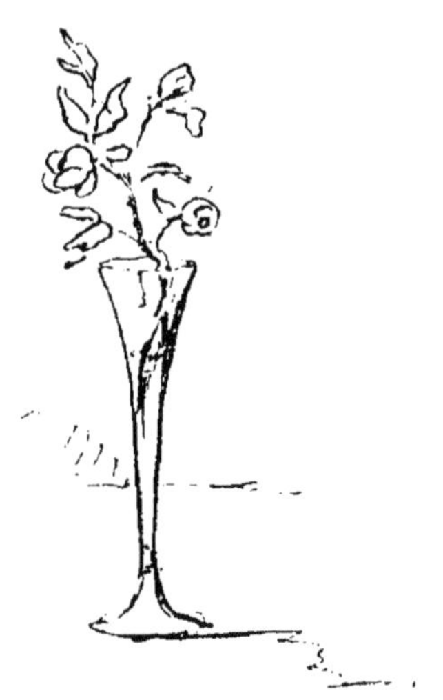

| 1 | J | **TOUSSAINT** |
| 2 | V | *Trépassés* |
| 3 | S | S. Hubert |
| 4 | D | S. Charles |
| 5 | L | S᷍ Bertille |
| 6 | M | ☽ S. Léonard |
| 7 | M | S. Ernest |
| 8 | J | *Reliques* |
| 9 | V | S. Mathurin |
| 10 | S | S. Juste |
| 11 | D | S. Martin |
| 12 | L | S. René |
| 13 | M | ☾ S. Brice |
| 14 | M | S᷍ Philomène |
| 15 | J | S᷍ Eugénie |
| 16 | V | S. Edme |
| 17 | S | S. Agnan |
| 18 | D | S. Romain |
| 19 | L | S᷍ Élisabeth |
| 20 | M | S. Edmond |
| 21 | M | ● Pr. de N-D. |
| 22 | J | S᷍ Cécile |
| 23 | V | S. Clément |
| 24 | S | S᷍ Flora |
| 25 | D | S᷍ Catherine |
| 26 | L | S᷍ Delphine |
| 27 | M | S. Maxime |
| 28 | M | S. Sosthène |
| 29 | J | ☽ S. Saturnin |
| 30 | V | S. André |

# Novembre

# L'ORCHIDÉE

L'orchidée est la fleur de la névrose. — Elle déconcerte par son étrangeté, elle trouble par sa déformation. — Elle est diabolique et malsaine; elle ne charme pas les simples.

Pourquoi offre-t-on une orchidée à une femme si, toutefois, on met une intention à lui offrir cette fleur plutôt qu'une autre? Le langage des fleurs ne répond pas! Il ne se charge pas, sans doute, de traduire en langage pervers, un état d'âme dont

LA REVUE
HUMAINE
idée

d'autres fleurs seraient, à bon droit,
blessées.

*
* *

Il nous a donc fallu interviewer quelques-
unes de ces fleurs énigmatiques qui ont
une langue à nulle autre pareille. — De
l'ensemble des questions posées et de bien
des aveux adroitement surpris, il paraît
résulter que si l'on offre une orchidée à
une femme avec l'intention de lui parler
dans le langage des fleurs, on lui dit à peu
près ceci :

Je sais que rien de simple ne peut vous
plaire et que, si je risquais ma vie pour
aller, au flanc d'un ravin, chercher la fleur
que vous désirez, vous n'en voudriez plus
dès que je vous l'aurais donnée. Ce n'est
pas vous qui consentiriez à venir, dans
les bois, cueillir la primevère à l'heure des

matins enchanteurs où la nature ouvre son écrin de fraîcheur et de joie.

Pour vous plaire, je dois chercher l'étrange comme vous le cherchez vous-même, qui vous usez à la découverte de ce que vous appelez des « sensations neuves ». Comme s'il y avait des sensations neuves ! Les plus douces et les plus fortes, celles qui enfièvrent, qui enivrent et qui tuent sont les mêmes qu'aux humbles comme aux forts la nature offre à nos sens depuis trois mille ans.

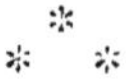

Avez-vous, au bord d'un sentier, quand la mélancolie descend avec le crépuscule, entendu dans la vallée, là-bas, au loin, le tintement des clochettes de quelque troupeau qui rentre ?

*<br>
*  *

A la rosée du matin, quand tout s'éveille
à la vie, avez-vous écouté la chanson du
pâtre monter comme une prière, quand la
nuit a pleuré sur les genêts en fleur?

Assise sur quelque roche aride, dans la
solitude de quelque anse dévastée, avez-
vous entendu les vagues psalmodier leurs
litanies monotones pendant qu'une voile
blanche montait à l'horizon?

*<br>
*  *

Avez-vous, dans quelque longue allée,
sur un tapis d'automne, où les feuilles aux
tons d'or craquaient sous vos souliers de
satin, mené vos pas, lentement, près d'un
vieil hêtre, où un amour au carquois semblait guetter vos lèvres?

*<br>
*  *

Avez-vous pleuré sans savoir pourquoi,

au son de quelque vieille cloche d'église
qui laissait tomber, sur la fin du jour, les
plaintes d'un Angelus lointain, qui égrenait ses notes dans la buée d'or des
moissons fauchées?

Non, vous n'aimez pas tout cela!

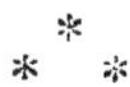

Dans la pièce sombre, étendue sur quelque coussin il vous faut la fausse lumière
et les clartés douteuses ; dans les livres aux
titres de cauchemar vous demandez à
d'autres le secret des sensations qui obsè-
dent. Sur vos meubles laqués aux couleurs
mortes, vous aimez la forme bizarre des
vases s'aplatissant comme quelque mé-
duse rejetée sur le sable, s'écartelant et
saignant comme une blessure, se tordant
dans quelque contorsion diabolique.

Vous êtes belle! Le seriez-vous moins
sans vos pâleurs, si vous vous contentiez

d'aimer les roses et les couchers de soleil ! si vous vouliez simplement demander à la vie ce qu'elle donne aux belles filles et ne vouloir lui arracher ses secrets d'ivresse que dans tout ce que vous pouvez éveiller d'amour, rien qu'avec l'éclat de vos sourires et la mélancolie de vos yeux !

| | | |
|---|---|---|
| 1 | S | S. Éloi |
| 2 | **D** | **Avent** |
| 3 | L | S. Fr. Xavier |
| 4 | M | S! Barbe |
| 5 | M | ☽ S. Sabat |
| 6 | J | S. Nicolas |
| 7 | V | S. Ambroise |
| 8 | S | Immac. conc. |
| 9 | D | S! Léocadie |
| 10 | L | S! Valérie |
| 11 | M | S. Damase |
| 12 | M | S! Constance |
| 13 | J | ☾ S! Luce |
| 14 | V | S. Nicaise |
| 15 | S | S. Mesmin |
| 16 | D | S! Adélaïde |
| 17 | L | S! Olympiade |
| 18 | M | S. Gatien |
| 19 | M | S. Timoléon |
| 20 | J | S! Philogone |
| 21 | V | ● HIVER |
| 22 | S | S. Flavien |
| 23 | D | S! Victoire |
| 24 | L | S! Émilienne |
| 25 | M | **NOEL** |
| 26 | M | S. Étienne |
| 27 | J | S. Jean ap. |
| 28 | V | ☽ SS. Innoc. |
| 29 | S | S! Éléonore |
| 30 | D | S. Sabin |
| 31 | L | S. Sylvestre |

# Décembre

# ENTRE FLEURS

*La vitrine d'un fleuriste d'un quartier
du centre.*

UNE ROSE POMPON. — C'qu'on s'cramponne, ici!...

UNE ROSE DE BENGALE. — Oh! toi, ton humeur s'y prête; mais moi, habituée...

LA ROSE POMPON. — Habituée à quoi?

LA ROSE DE BENGALE. — A vivre dans le monde; j'étais dans une serre...

LA ROSE POMPON. — Eh! bien, serre-ça et n'en parlons plus!...

FLEURS
NATURELLES
LOCATION
LOCATION

UNE BRUYÈRE. — Qu'est-ce que c'est que ça, une serre?

LA ROSE DE BENGALE. — C'est un palais!

LA BRUYÈRE. — J'sais pas c'que c'est; moi, j'suis née dans les bois.

UNE VIOLETTE. — On y est bien, on entend chanter les p'tits oiseaux.

LA ROSE DE BENGALE. — J'en ai jamais vu, d'oiseaux.

LA VIOLETTE. — Ah! c'est gentil! Ça vient près de vous, ça vous tient compagnie, ça cause.

LA ROSE DE BENGALE. — J'aime mieux la conversation d'un camélia.

LA ROSE POMPON. — C'que ça doit être drôle! ah! non, laissez-moi rire!

LA ROSE DE BENGALE. — Vous, vous riez de tout.

*Un monsieur entre, prend un bouquet de violettes et sort.*

LA ROSE DE BENGALE. — En voilà un qui ne se ruine pas...

LA ROSE POMPON. — Tandis que celui qui se ruinera pour toi !...

LA BRUYÈRE. — Et moi donc, on m'achètera pour un cimetière...

LA ROSE POMPON. — On peut finir plus mal.

LA ROSE DE BENGALE. — Ce n'est pas pour moi que vous dites çà ?

LA ROSE POMPON. — Mais non, tu finiras dans une ambassade...

LA ROSE DE BENGALE. — Peut-être ? mais, en tous cas, une rose pompon n'y est guère préparée.

LA ROSE POMPON. — Tu penses !

UNE ORCHIDÉE. — Ça manque de femmes, ici !

UN PAVOT. — Moi, je m'endors.

UN CHARDON. — C'est trop gai, on ne peut penser à rien.

LA ROSE POMPON. — Ferme ça, ou j'saute dedans.

UN LYS. — Où suis-je, mon Dieu !

UN LAURIER. — (*Quelqu'un s'arrête devant la vitrine*) Un général !

LA ROSE POMPON *s'esclaffant*. — C'est un garçon de recette !

UNE BRANCHE DE GUI. — Il m'irait, celui-là !...

UNE COURONNE IMPÉRIALE. — Autre puissance !

LA ROSE POMPON. — Dis donc, la violette, tu ne dis rien ?

UNE VIOLETTE. — Je n'ai rien à dire, je regarde passer les modistes.

*Entrent un monsieur et une dame.*

LA ROSE POMPON *à la rose de Bengale*. — Oh ! ça, c'est pour toi.

LE MONSIEUR *à la demoiselle de magasin*. — Nous venons choisir des fleurs pour garnir une automobile à la fête de demain.

*Le monsieur et la dame donnent des ordres, choisissent des fleurs.*

LA DAME, *prenant la rose de Bengale.* — Il nous faut de belles roses pour mettre à l'avant.

LE MONSIEUR. — Ce sera bien près du moteur; elles ne se garderont pas!

LA ROSE POMPON. — Ah! non, c'est crevant, j'ris trop; j'sens que j'm'effeuille. « Une rose de Bengale au pétrole. Voyez! »

*Le monsieur et la dame s'en vont après avoir mis de côté le vase où se trouve la rose de Bengale.*

LA ROSE POMPON. — Tu sais, c'est pas de veine tout de même!

LA ROSE DE BENGALE *sanglotant.* — C'est affreux; j'aurais encore mieux aimé finir chez une cocotte.

LA ROSE POMPON. — T'es pas dégoûtée! Ça sent bon! ah! — non, non, finir dans les cheveux d'une automobile!...

*Entre un petit trottin.* — — Avez-vous des bouquets de violettes à deux sous?

LA DEMOISELLE DE MAGASIN. — Tenez, là.

*Le petit trottin en prend un qu'elle met à sa ceinture. Elle tapote le devant de sa robe.* — Là, ça va bien! V'là d'quoi faire enrager la première; j'lui dirai que c'est un monsieur qui m'l'a donné dans la rue.

LA ROSE POMPON *riant.* — Une au-to-mo-bi-le!!!

LE CHARDON. — *Sic transit gloria mundi.*

HENRI BOUTET.

# TABLE DES MATIÈRES

OUVRAGES

DU

# Même Auteur

# La Parisienne et les Fleurs

## ALMANACH POUR 1900

PAR

## HENRI BOUTET

L'Almanach où, depuis plus de dix ans, Henri Boutet inscrit son sens de féminité parisienne doit, l'année de l'Exposition de 1900, se parer de tous les attraits qui en ont établi l'inépuisable succès. Le thème choisi par l'artiste, *la Parisienne et les Fleurs,* est suffisant pour laisser deviner ce que sera le coquet petit livre recherché des amateurs, destiné à la femme dont il célèbre la grâce et fait pour tous ceux qui voudront emporter de Paris, en ce siècle qui commence, un souvenir de sa plus belle parure : La Parisienne.

L'illustration de ce volume comprendra douze pointes sèches, les douze mois, douze faux titres, douze têtes de chapitres, douze culs-de-lampe enluminés, soit plus de *soixante illustrations.* Ajoutons que l'imprimerie Chamerot et Renouard en assure la parfaite exécution typographique et que l'exemplaire sera contenu dans un étui de luxe.

Tirage à 1,000 exemplaires numérotés.

## Prix : 10 Francs

Il sera tiré pour les amateurs cinquante exemplaires signés et numérotés par l'auteur. Ils contiendront un état des pointes sèches avant la lettre et une planche ne figurant pas dans les exemplaires ordinaires.

PRIX : **25** FRANCS.

*Les demandes devront être adressées au plus tôt*
*à la Librairie Melet.*

Librairie A. CHARLES, 8, rue Monsieur-le-Prince, Paris

# Les Parisiennes

## Suite de Cartes Postales illustrées

## Par HENRI BOUTET

Sous ce titre, cette collection comprendra une suite de scènes et de tableaux parisiens qui formera une curieuse et intéressante revue de la **Vie de Paris**. Le titre des séries indique suffisamment le caractère spécial et artistique de cette collection. L'exécution de ces cartes, qui sont enluminées et retouchées à la main, garde au dessin et au croquis tout son intérêt d'art. Cette collection est assurée de survivre et de rester, sous cette forme de carte postale, une des meilleures parties de l'œuvre de l'artiste.

Autour des monuments.

# TITRES DES SÉRIES A PARAITRE

*Paris le Soir — Paris inconnu — Paris la Nuit — Sur les Quais — Vitrines parisiennes — Au Piano — Bébés et Nounous — Les Lampes — Les Omnibus — Paysages parisiens (plusieurs séries) — Autour des Monuments (plusieurs séries) — Jardins de Paris — Paysages de Banlieue — Les petits Métiers parisiens (plusieurs séries) — Les Fêtes foraines — Le Vent — Au Bois — Boulevards — Curiosités de la Rue — Sur les Ponts — Horizons parisiens — Coulisses de théâtre — Dans les Églises — Intérieurs parisiens — Autour de l'Exposition.*

Abonnement aux 48 Séries à paraître. — Un An : 25 fr.

PRIX DE LA SÉRIE : 0 fr. 60.

En automobile (série 13).

SOCIÉTÉ D'ÉDITIONS LITTÉRAIRES ET ARTISTIQUES

LIBRAIRIE OLLENDORFF

50, Chaussée-d'Antin, Paris


SÉRIE DES ALBUMS

# *Autour d'Elles*

| LE LEVER | LE COUCHER |
|:---:|:---:|
| Préface de | Préface de |
| **ARMAND SILVESTRE** | **L'AUTEUR** |
| ✳ | ✳ |
| **LES MODÈLES** | **LE BAIN** |
| Préface de | Préface de |
| **GEORGES MONTORGUEIL** | **X...** |

Ces quatre Albums complètent la série dite
des **Déshabillés**.

*Prix de chaque Album :* **10** *francs.*

IMPRIMÉ

PAR

CHAMEROT ET RENOUARD

19, rue des Saints-Pères, 19

PARIS